LE MÉDECIN BLEU

Paul Féval

Edition : Culturea (culurea.fr), 34 Hérault
Contact : infos@culturea.fr
Impression : BOD, Norderstedt (Allemagne)
ISBN : 9791041971589
Date de publication : juillet 2023
Mise en page et maquettage : https://reedsy.com/
Cet ouvrage a été composé avec la police Bauer Bodoni

I

Sainte

Le bourg de Saint-Yon est pittoresquement assis sur la croupe d'une colline, dont le sommet se couronne d'arbres séculaires. Au pied de cette colline s'étend un vaste marais, sorte de lac qui baigne à perte de vue la campagne de Redon et les extrêmes limites du département d'Ille-et-Vilaine. Le bourg est composé d'une seule rue, dont les maisons grises et couvertes en chaume s'étagent en amphithéâtre. À voir cette chaîne de maisons descendre tortueusement la montagne, on dirait, de loin, un serpent gigantesque endormi au soleil en buvant l'eau tranquille des marais.

En l'année 1794, M. de Vauduy était propriétaire du manoir de Rieux, antique résidence des seigneurs de ce nom, et situé à une demi-lieue au plus de Saint-Yon. M. de Vauduy était un homme d'une cinquantaine d'années, froid, sévère et taciturne. Les uns disaient qu'il était républicain fougueux, et en donnaient pour preuve l'empressement qu'il avait mis à se rendre possesseur du château de Rieux, au préjudice de la marquise douairière d'Ouëssant, dernière dame de Rieux, alors réfugiée en Angleterre. Les autres prétendaient, au contraire, qu'il était secrètement partisan des princes exilés, et que le château n'était, entre ses mains, qu'un « dépôt » dont il conservait précieusement la propriété à ses maîtres légitimes.

Cette seconde opinion était la mieux accréditée, et assurait à M. de Vauduy une sorte de popularité dans le pays ; car, il est à peine besoin de le dire à nos lecteurs, les campagnes bretonnes n'avaient point un fort grand amour pour le gouvernement républicain.

Au reste, tous les bruits qui couraient sur M. de Vauduy étaient des conjectures plus ou moins probables, et pas autre chose. Sa porte, en effet, restait habituellement close ; il ne voyait personne, si ce n'est parfois Jean Brand, ancien bedeau de Saint-Yon, au temps où l'église était ouverte, et le docteur Saulnier, médecin du bourg.

Le citoyen Saulnier avait avec M. de Vauduy, quelques traits de ressemblance morale. C'était un homme froid et sévère ; mais ses opinions républicaines, poussées à l'excès, n'étaient un mystère pour personne ; et, comme les paysans des alentours, qui s'étaient déjà soulevés plusieurs fois contre la Convention, donnaient aux soldats réguliers le sobriquet de *Bleus*, on ne connaissait guère le docteur, depuis Redon jusqu'à Carentoir, que sous le nom de *Médecin bleu*. Il n'était point aimé dans le pays, parce qu'il s'était joint à diverses reprises, en qualité de volontaire, aux colonnes républicaines qui pourchassaient les *chouans* ; mais on s'accordait à reconnaître qu'il était médecin habile, et son talent lui était un boulevard contre la malveillance publique.

Une autre cause encore diminuait le mauvais vouloir des paysans, le docteur avait une fille, objet de respect et d'amour de tous.

Elle avait nom Sainte, et entrait dans sa quatorzième année ; mais ceux qui ne la connaissaient point, en voyant son enfantin sourire et la candeur angélique de son front, lui auraient donné deux ans de moins. Parfois, pourtant, quand elle était loin de la foule, et qu'elle donnait son âme à cette rêverie que souffle la solitude, on aurait pu voir son grand œil bleu s'animer sous les cils à demi-baissés de sa paupière. Sa charmante tête, alors, devenait sérieuse, ses lèvres se rejoignaient et cachaient l'éblouissant émail de ses dents ; la ligne de ses sourcils, si noire et si pure qu'on l'aurait pu croire tracée par le pinceau d'un peintre habile, s'affermissait et tendait la courbe hardie de son arc ; tout son visage, en un mot, dépouillant l'indécise gentillesse des premières années, revêtait la beauté d'un autre âge.

En Bretagne, où tout est matière à superstitieux pressentiments, ce nom de Sainte et la précoce mélancolie qui assombrissait aussi parfois, sans motif, ce radieux visage d'enfant, semblaient un présage de mort prochaine. Quand elle passait, les paysans se découvraient, et les femmes tiraient leur plus belle révérence.

– Bonjour, not' demoiselle ! disaient-ils.

Puis se retournant, ils regardaient avec une naïve admiration la légèreté de sa démarche, et ajoutaient, en se signant dévotement :

– Dieu la bénisse ! Ce sera bientôt un ange de plus dans le ciel.

En attendant, c'était un ange sur la terre. Il n'y avait pas dans tout le bourg de pauvre cabane dont elle n'eût plus d'une fois passé le seuil. Elle allait partout porter aide et consolation. La souffrance semblait fuir à l'aspect de son frais et doux visage, et les cris de douleur se changeaient, quand elle apparaissait, en murmures d'allégresse et de bénédiction.

Sainte avait une amie : c'était la fille du ci-devant bedeau de Saint-Yon : Marie Brand. Marie, aussi belle, peut-être, que sa compagne, avait un bon cœur et une mauvaise tête. Elle était fière outre mesure, ce qui eût semblé bien ridicule chez la fille d'un pauvre paysan, si Marie, spirituelle et parlant comme on parle dans les villes, n'eût point été mieux élevée que ses compagnes. Il y avait quatre ans seulement qu'elle habitait le toit de son père. Jean Brand, qui était veuf, l'avait amenée un jour de bien loin, disait-il, sans s'expliquer davantage. Or, on savait au bourg de Saint-Yon que Jean Brand n'aimait point les questions indiscrètes.

Pendant les premiers mois qui suivirent l'arrivée de Marie, Sainte et elle s'étaient liées d'une étroite amitié. Elles avaient mis en commun leurs joies et leurs chagrins d'enfant ; elles s'étaient confié leurs petits secrets, révélé leurs plans d'avenir, dévoilé ces fantastiques et mystérieux espoirs qui naissent au cœur des jeunes filles. Le citoyen Saulnier avait paru voir d'abord sans répugnance cette intimité. Mais lors du premier soulèvement du Morbihan, qui eut lieu en 1791, Jean Brand fut soupçonné d'avoir fait partie des insurgés. Depuis ce jour, Sainte reçut l'ordre de ne plus voir Marie. Elle pleura : mais elle obéit.

II

Le rôle d'une femme

Sainte n'était pas l'unique enfant du Médecin bleu. Elle avait un frère qui, depuis deux ans, avait quitté le toit paternel. René Saulnier était un grand et fort jeune homme, à la physionomie hautaine. Du temps de son enfance, il avait été le favori du docteur, qui voulait en faire un soldat. À cette époque, c'est-à-dire cinq ou six ans avant la date de notre récit, le bourg de Saint-Yon présentait un tableau champêtre plein de vie et de bonheur. Il y avait au manoir une châtelaine aussi compatissante que riche, et qui ne voulait point qu'il y eût de malheureux sur ses domaines. Aux environs, une douzaine de gentilhommières étaient peuplées de ces hobereaux campagnards, si pullulants en Bretagne, dont la tête est aussi folle que le cœur est loyal, et qui parlent, entre les quatre murs enfumés de leur cabane, des royaumes conquis autrefois, en Syrie, par leurs fabuleux ancêtres.

Mme de Rieux, veuve du marquis d'Ouëssant, dominait toute cette plèbe noble et le fils de Saulnier, le jeune René, était admis chez elle. M. de Vauduy, pauvre gentilhomme et parent éloigné de la maison de Rieux, était l'intendant et le commensal du château. Lui, le docteur Saulnier et l'abbé de Kernas, alors curé de Saint-Yon, formaient une petite société d'amis. L'honnête curé s'occupait de l'éducation religieuse de René Saulnier et de Sainte, sa sœur, qu'il aimait comme un père aime ses enfants ; M. de Vauduy, ancien militaire, apprenait à René le maniement des armes. À seize ans, René était un jeune homme simple de cœur, fervent chrétien, dévoué à ceux qu'il regardait comme ses bienfaiteurs ; il était de plus robuste, intrépide jusqu'à la témérité, maître passé au maniement de toute arme blanche, et si habile chasseur, qu'on n'eût point trouvé son pareil à dix lieues à la ronde.

La révolution était venue ; le bon curé avait été obligé de fuir ; la famille de Rieux avait passé la mer, et les douze ou quinze gentillâtres étaient allés se faire tuer dans l'armée de Condé. Seul, M. de Vauduy était resté à Saint-Yon.

Quant à René, la fuite de ses anciens compagnons de plaisir, et surtout celle du bon curé, lui avaient mis au cœur une irritation profonde. Habitué à vivre au milieu des paysans hobereaux, loyaux comme leurs épées, et ne pouvant juger le gouvernement nouveau que par ses actes, il se prit à le haïr. Du fond de son obscure retraite, il ne pouvait mesurer les motifs qui faisaient agir tous ces bras impitoyables. Son père, sincèrement imbu des doctrines républicaines, essayait souvent de le ramener à son parti ; mais le jeune homme écoutait d'un air sombre, et répondait :

– La République a chassé les habitants du pays ; elle a chassé monsieur le curé, dont la vie ne fut qu'une longue suite d'actions méritoires ; elle a chassé tout ce qui était noble, bon et beau. Je ne puis aimer la République.

Puis, un jour, il prit son fusil double et partit sans dire adieu à son père.

Sainte avait douze ans ; elle pleura et pria bien son frère qu'il n'abandonnât pas la maison paternelle ; mais le jeune homme fut inflexible.

– Sainte, dit-il en l'embrassant, tu ne sais pas, ma sœur, dans quelques mois la conscription viendra ; on me fera soldat de la République. J'aime mieux mourir pour Dieu et le roi. N'est-ce pas une noble cause, ma sœur ?

Sainte ne répondit point. Au fond de son cœur peut-être chacune de ces paroles trouvait un écho ; mais elle n'eût point voulu donner tort à son père.

– Écoute, reprit René, d'autres motifs encore m'obligent à partir ; il se passe ici des choses que tu ne vois point et que tu ne saurais comprendre. M. de Vauduy n'est pas ce qu'il paraît être. Jean Brand ne couche point la nuit dans son lit, et l'heure approche où les bois de Saint-Yon retentiront du bruit des fusils ; mais ce ne sera plus le joyeux fracas de la chasse.

– Que veux-tu dire ? s'écria Sainte.

– Un jour, ce fut la dernière fois que je vis notre bon curé, en me disant adieu, il me baisa au front, et je sentis une larme rouler sur ma joue : « René, murmura-t-il à mon oreille, de malheureux temps vont venir ; la guerre civile et ses fureurs rompent parfois les liens de famille. Quoi qu'il arrive, mon fils, souviens-toi du divin précepte, et ne te fais pas l'ennemi de ton père ! » Cette parole est restée dans mon souvenir, et je pars.

Sainte baissa douloureusement la tête.

– Toi ma sœur, toi qu'on aime, toi que nul malheureux ne peut voir sans se rappeler un bienfait ou une consolation, tu restes avec lui, tu seras son égide. Pour moi, mieux vaut l'abandonner que d'être forcé de le combattre.

Sainte frissonna de la tête au pieds.

– Pars ! s'écria-t-elle, oh ! pars bien vite, mon frère !

René déposa un dernier baiser sur son front, et disparut sur la route de Vannes.

Il se faisait tard ; Sainte reprit le chemin de la demeure de son père. En passant près de l'église, qui était fermée et déserte, elle s'agenouilla sur le seuil.

– Mon Dieu ! murmura-t-elle, faites que cette horrible crainte ne se réalise point ! Ils sont bons tous les deux et suivent la voix de leur conscience. Si l'un ou l'autre se trompe, et que ce soit un crime, prenez ma vie, mon Dieu, mais ne permettez point qu'une lutte impie les rapproche, et que...

Elle n'eut point la force d'achever.

– Puisse Dieu vous exaucer, ma fille ! dit auprès d'elle une voix grave et triste.

Sainte se releva vivement. Un homme enveloppé d'un manteau s'était agenouillé à ses côtés. Elle reconnut l'abbé Kernas, l'ancien curé de Saint-Yon.

C'était un beau vieillard à la physionomie ferme et douce à la fois. Il s'était découvert ; les rayons de la lune, luttant contre les dernières lueurs du crépuscule, envoyaient à son front chauve, entouré d'une transparente couronne de cheveux blancs, un reflet indécis, presque fantastique. Sainte se sentit calmée par cette apparition inattendue ; elle s'inclina comme elle avait coutume de faire autrefois devant le prêtre et celui-ci prononça sur elle les paroles de la bénédiction.

– Ma fille, dit-il ensuite, ce que je craignais est arrivé, je le devine. Votre père, que je regarde comme mon ami, bien qu'un abîme nous sépare désormais, n'a pu étouffer les convictions de René ; leurs opinions se heurtent, et peut-être...

– René est parti, mon père.

– Dieu soit loué ! On ne peut dire à un homme : Change de croyance ; mais on peut lui ordonner, au nom de la religion, de fuir quand il y a autour de lui des occasions de crimes. Je comptais voir votre frère, Sainte ; c'était là le motif de ma présence en un lieu où je ne suis plus qu'un proscrit.

– Ne pourriez-vous demeurer quelque temps parmi nous ? demanda la jeune fille ; le pays est maintenant tranquille.

– Tranquille ! répéta le vieillard en hochant la tête ; plût au ciel qu'il en fût ainsi ! mais des signes que vous ne sauriez apercevoir annoncent une tempête à mes yeux plus clairvoyants. Non ! je ne puis rester ; lors même que ma tranquillité personnelle serait assurée, je ne pourrais rester encore. Mon devoir m'appelle, ma fille, et la vie du prêtre n'est qu'une longue obéissance à la voix du devoir.

Il prit la main de Sainte et la serra entre les siennes.

– Vous êtes bonne, continua-t-il, je puis le dire, moi qui lis dans votre jeune cœur comme dans un livre ouvert. Si les orages politiques pouvaient être conjurés par l'influence d'une âme angélique, votre père et tout ce qui vous est cher serait à l'abri ; mais c'est une haine folle et furieuse que celle qui pousse les uns contre les autres les enfants d'une même patrie. C'est une haine implacable, qui rend aveugle et sourd, qui durcit le cœur et le ferme à tous les sentiments de la nature. Priez Dieu, Sainte, priez !... mais travaillez aussi, et souvenez-nous que, dans ces luttes dénaturées, le rôle d'une femme chrétienne est tout de charité, de paix et de clémence. Commencez donc, enfant, votre rôle de femme, et soyez, au milieu de nos discordes intestines, l'ange de la conciliation et de la pitié !

Avant que la jeune fille eût le temps de lui répondre, l'ancien curé de Saint-Yon s'inclina profondément devant la croix de son église, et disparut derrière les ifs touffus du cimetière.

Sainte était triste, mais elle se sentait forte et courageuse. Ce rôle que le prêtre venait de lui tracer, c'était celui qu'elle avait choisi d'elle-même dès que sa jeune intelligence avait pu entrevoir et comprendre le malheur des temps. *Chouans* et *Bleus* étaient également ses frères.

– Je serai toujours du parti des vaincus, se dit-elle, et Dieu me récompensera en faisant qu'un jour mon père et mon frère se retrouveront et s'embrasseront.

Elle rentra. La nouvelle du départ de son fils fut un coup terrible pour le Médecin bleu. Jusqu'alors il avait compté le ramener à ses propres croyances, mais tout espoir était désormais perdu.

– J'ai donc assez vécu, s'écria-t-il, pour voir mon fils devenir le suppôt des tyrans !

Sainte n'essaya point en ce moment de prendre la défense de son frère. Il fallait, pour ce rôle conciliateur qu'elle s'était imposé, non seulement de la bonne volonté, mais aussi de la prudence et de l'adresse. Elle attendit.

Ce soir-là, le citoyen Saulnier refusa de prendre part au modeste souper que lui avait préparé Sainte. Il se retira dans sa chambre en silence, et passa la nuit en proie à une fièvre ardente. La fuite de René avait doublé tout d'un coup sa haine contre les partisans des princes exilés. Il accusait les chouans d'avoir séduit son fils, et de l'avoir entraîné dans leurs ténébreuses associations.

Ce soupçon n'était point sans quelque fondement.

René, pendant son séjour à Saint-Yon, visitait souvent, à l'insu de son père, la cabane de Jean Brand. Le ci-devant bedeau était trop prudent pour endoctriner lui-même le jeune homme : il eût fallu se confier à lui, et Jean Brand ne se fiait à personne ; mais il y avait sous son toit un autre avocat dont l'éloquence avait un grand pouvoir sur le cœur de René. Marie Brand était royaliste, et elle portait dans la manifestation de son opinion la fougue ardente et indomptée qui était le fond de son caractère. Quand elle parlait de la mort de Louis XVI ou des innombrables meurtres par lesquels la Convention déshonorait sa cause, son œil flamboyait d'un éclat étrange ; sa voix d'enfant vibrait et atteignait un diapason presque viril.

René dévorait la parole de la jeune enthousiaste. Sa haine propre se fortifiait de la haine de Marie, et il jurait mentalement de faire une guerre à mort à quiconque portait la cocarde aux trois couleurs.

Il ne songeait pas que ces couleurs étaient celles du drapeau de son père.

Sainte ignorait cette circonstance. Elle avait religieusement exécuté l'ordre du docteur et avait cessé depuis longtemps de voir Marie.

Celle-ci, bien qu'elle habitât toujours la pauvre cabane de Jean Brand, avait pris des habitudes qui ne convenaient guère à la fille d'un paysan. Elle portait des robes de demoiselle, et il n'était pas rare de la rencontrer dans les sentiers de la forêt, montée sur un magnifique cheval que n'aurait pas pu payer la vente du patrimoine entier de Jean Brand, et tenant à la main un petit fusil luxueusement orné, dont les garnitures d'argent renvoyaient en gerbes les rayons du soleil. Cette conduite semblait à peine exciter la surprise des habitants de Saint-Yon.

– Jean Brand, avait-on coutume de dire, fait comme il veut : sa fille aussi : voilà tout.

Quant au citoyen Saulnier, lorsqu'il parlait de Marie, il disait :

– Il y a dans les veines bleuâtres qui diaprent si délicatement la peau blanche et douce de cette main si fine, il y a du sang d'aristocrate !

Puis il hochait la tête.

Nous verrons plus tard si le citoyen Saulnier se trompait.

Les deux années qui suivirent le départ de René s'écoulèrent, pour Sainte, tristes et remplies par d'inutiles efforts. Elle dépensait à miner, peu à peu, le courroux haineux de son père, plus de patiente adresse qu'il n'en faut à nos diplomates pour minuter leurs amphibologiques protocoles ; elle était sans cesse à son poste, prête à saisir l'occasion de placer un mot en faveur de l'absent ; mais rien ne faisait. La rancune du docteur semblait augmenter, loin de diminuer. Il était, au milieu de ces campagnes royalistes, comme une vedette de l'armée républicaine ; et, plus d'une fois, ses avis amenèrent des colonnes de Bleus par-delà les marais et dans le voisinage du château.

Les paysans étaient fortement irrités contre lui ; mais Sainte était si bonne ! Souvent elle avait recueilli et soigné de malheureux chouans blessés ; plus souvent, les femmes de ceux qui étaient dans les bandes avaient dû à sa générosité le pain quotidien de leur famille. Le docteur, en ces occasions, ne mettait nul obstacle à sa bienfaisance. Il adorait sa fille, et se reposait de ses haines dans le spectacle de la perfection de Sainte.

III

La croix du carrefour

Par une fraîche matinée du mois de septembre, le Médecin bleu et sa fille se mirent en route, à pied, pour faire une promenade dans la forêt de Rieux.

Le citoyen Saulnier, toutes les fois qu'une préoccupation politique n'exaltait point son esprit, était un excellent homme, un peu froid, mais franc, honnête et capable de donner à sa fille une éducation irréprochable. Sainte s'appuyait sur son bras. Ils allaient lentement, savourant le charme d'un intime entretien.

Insensiblement, la conversation, après avoir effleuré divers sujets, était tombée sur l'abbé Kernas. Le docteur, entraîné par ses souvenirs, parlait avec chaleur des services nombreux et désintéressés que le bon prêtre lui avait rendus autrefois. Sainte l'écoutait et se réjouissait : la pauvre enfant croyait que cet hommage payé à un homme proscrit par la république, était une preuve que les opinions de son père devenaient moins extrêmes, moins passionnées. Malheureusement la pente était glissante, et l'ancien curé de Saint-Yon ramena tout naturellement le docteur à ses déclamations favorites.

– Il était bon, dit-il, il était vertueux, et sa présence était une bénédiction pour le pays. Je l'aimais comme un frère. Mais doit-on regretter un juste quand le coup qui l'a frappé a jeté à terre, en même temps, des milliers de scélérats et de tyrans ?

Ils étaient alors au centre de la forêt de Rieux, à deux ou trois cents pas du château. Sainte, voulant détourner l'entretien, montra du doigt, au hasard, un objet qui se trouvait au bord du sentier.

– Qu'est-ce là, mon père ? dit-elle.

Le docteur leva les yeux : il s'arrêta stupéfait. Sainte elle-même tressaillit ; elle se repentit vivement de sa question étourdie.

Au centre d'une étoile, formée par le croisement de plusieurs routes, s'élevait autrefois une croix de bois, dont les bras et la tête, terminés en fleur de lis, avaient éveillé la susceptibilité des *Bleus*. La croix, depuis bien longtemps, gisait à terre, sous la bruyère touffue ;

on l'avait remplacée par un poteau routier, surmonté d'un bonnet phrygien.

Mais ce jour-là, les choses avaient changé de face. C'était, à son tour, le poteau républicain qui gisait sur l'herbe, et c'était la croix qui, droite et haute, marquait le centre du carrefour. À son sommet, un drapeau blanc livrait ses longs plis à la brise, et la main du Christ tenait un écriteau sur lequel on lisait le cri de guerre des insurgés bretons et vendéens : *Dieu et le roi.*

– Dieu et le roi ! s'écria le Médecin bleu avec un amer sourire ; sacrilège alliance du bien et du mal, du sublime et du grotesque ! Il faut qu'ils se croient bien forts pour oser pousser à ce point l'insolence !

– Ils sont malheureux, mon père, dit la douce voix de Sainte ; ne peut-on les plaindre, au lieu de les haïr ?

– Les plaindre ! répéta le docteur, dont les sourcils se froncèrent ; plaint-on le serpent qui vous enfonce au cœur son dard venimeux ? Plaint-on le sanglier qui aiguise ses dents au tronc des chênes, le loup qui attend dans l'ombre sa proie pour la dévorer ?

Il s'interrompit, et dominant sa colère, il reprit :

– Mais je t'effraye, pauvre enfant. Tu es trop jeune encore pour comprendre tout ce qu'a de sacré la sainte cause que j'ai embrassée, pour sentir tout ce qu'a d'odieux et d'abominable le principe qu'ils défendent. Les lâches ! ils m'ont volé le cœur de mon fils !... Malheur à eux !

Des larmes vinrent aux yeux de la jeune fille.

– Pauvre René ! murmura-t-elle ; il y a deux ans que nous n'avons eu de ses nouvelles.

– Puissions-nous... s'écria le citoyen Saulnier.

Il allait ajouter : ne jamais le revoir ; mais son cœur démentit à l'instant ce vœu blasphématoire, et il n'acheva point.

– Sainte, poursuivit-il d'un ton plus calme, en lâchant le bras de la jeune fille, cette croix et l'écriteau qu'elle supporte sont de clairs et tristes présages. Une insurrection nouvelle va éclater, je m'y attendais ; les brigands de la Vendée, vaincus au delà de la Loire, devaient venir chercher chez nous un asile et des prosélytes. Retourne seule à la maison, et prépare en toute hâte ma valise ; je partirai ce soir pour Redon.

– Ne répugnez-vous donc point, mon père, à ramener de nouveau les milices républicaines dans ce malheureux pays ? dit Sainte.

– Il le faut. Je vais entrer au château, afin de m'entendre avec Vauduy... Va !

Sainte obéit sans répliquer, et le Médecin bleu prit à grands pas le chemin du manoir.

La pauvre Sainte, au contraire, marchait lentement et la tête baissée. Son cœur se serrait à l'idée de cette nouvelle lutte et des malheurs qui, nécessairement, en devaient être la suite.

Comme elle tournait un angle de la route, le galop d'un cheval vint frapper ses oreilles. Elle s'arrêta craintive ; son père avait déjà disparu derrière les grands arbres de la forêt. Le bruit, cependant, approchait rapidement. Bientôt, Sainte aperçut un cheval lancé à toute bride, et qui venait vers elle. Sur le cheval était une jeune fille à peine sortie de l'enfance, qui, vêtue en amazone, poussait sa monture avec une sorte de frénésie. Sainte reconnut Marie Brand.

La fille du ci-devant bedeau passa près de son ancienne amie sans s'arrêter. Elle fit de la main un geste de reconnaissance, plutôt hautain qu'amical, et un fier sourire vint errer sur sa lèvre. Puis, elle toucha de sa cravache la croupe fumante de son beau cheval, qui bondit en avant, et franchit en deux sauts l'espace qui la séparait de la route.

Sainte répondit au froid salut de Marie par le cordial : Bonjour ! du village. Elle ne l'avait jamais vue ainsi parée des atours qui conviennent à une demoiselle des villes. Elle la trouva belle, et se sentit venir au front une subite rougeur. Peut-être était-ce le plaisir de revoir une compagne aimée ; peut-être aussi était-ce un vague et fugitif désir de parures : pour être simple, généreuse et bonne, Sainte n'en était pas moins une enfant.

Quand Marie fut passée, elle la suivit du regard et remarqua le fusil double qu'un cordon de soie retenait à l'épaule de la jeune amazone ; elle remarqua aussi que sa toque de velours était surmontée d'une cocarde blanche.

– Où va-t-elle ainsi ? se demanda Sainte.

Puis, se souvenant des demi-mots de son père, lorsqu'il venait à parler de Marie, elle ajouta :

– Et qui donc est-elle ?...

IV

Marie Brand

Grâce à l'achat national qu'en avait fait M. de Vauduy, ou mieux le citoyen Vauduy, le noble château de Rieux n'avait subi aucune dégradation. Il s'élevait entre ses quatre douves, défendu par sa ceinture de remparts dix fois séculaires, et protégé par huit tourillons qui flanquaient deux à deux, chacun des quatre angles de ses ailes. Au-dessus de la grand'porte, l'écusson de Rieux : d'azur aux neufs macles accolées d'or, avait été gratté et remplacé par une couche de badigeon : c'était la seule marque qu'y eût laissée le passage des cohortes républicaines.

À l'heure où Sainte reprenait, seule, le chemin de la maison de son père, il y avait trois personnages rassemblés dans le grand salon du manoir. Assis dans un vaste fauteuil, sous le tablier de la cheminée, Jean Brand, en costume de paysan, les deux pieds sur les chenets, causait avec M. de Vauduy à voix basse. Le riche gentilhomme et le pauvre villageois semblaient se traiter d'égal à égal, et souvent les opinions du premier étaient rudement repoussées par le second. Le troisième personnage portait un large chapeau rabattu sur ses yeux, et tout son costume disparaissait sous le manteau qui le couvrait complètement. Étranger à la conversation, il arpentait lentement la salle et s'arrêtait de temps à autre devant quelqu'un des vieux portraits de familles qui s'alignaient en cordon le long des hauts lambris.

Tout à coup, sans qu'aucun des domestiques eût annoncé la venue d'un étranger, trois coups retentirent à la porte.

– Ce ne peut être que le docteur, murmura précipitamment M. de Vauduy.

– Que le diable le confonde ! s'écria Jean Brand qui se leva aussitôt, et mettant le bonnet à la main se hâta de prendre l'humble posture qui semblait lui convenir.

L'homme au manteau enfonça davantage son chapeau sur son front et se glissa dans une embrasure.

Au même instant, et avant que M. de Vauduy eût pris le temps de dire : « Entrez ! » la porte s'ouvrit, le Médecin bleu parut sur le seuil.

Le citoyen Saulnier avait toujours conservé envers M. de Vauduy les rapports d'amitié qui les liaient autrefois ; il pouvait entrer à toute heure au château et nulle querelle n'avait jamais eu lieu entre lui et l'ancien intendant de Rieux ; mais un observateur eût facilement deviné que ces semblants de bonne intelligence recouvraient une froideur mutuelle.

En entrant le docteur jeta un rapide regard autour de la salle.

– Vous n'êtes pas seul, citoyen, dit-il, je vous dérange ?

Puis il ajouta mentalement en regardant le ci-devant bedeau :

– Toujours cet homme !

– Bien le bonjour, monsieur le docteur, murmura Jean Brand d'un ton bourru.

Et il se mit à l'écart.

– Loin de me déranger, mon cher docteur, dit M. de Vauduy, votre venue me fait grand plaisir. Je comptais me rendre chez vous ce matin.

– Ah ! fit Saulnier.

– Oui. J'avais un service à réclamer de vous.

– Je suis à vos ordres. Moi-même, j'avais également un service à vous demander.

– Cela se trouve à merveille ! s'écria M. de Vauduy.

– À merveille, en effet ! répéta Saulnier. Puis-je savoir...

– C'est une chose bien simple. Jean Brand, que voilà, est obligé de s'absenter ; moi-même, je suis sur le point d'entreprendre un voyage qui sera fort long peut-être.

– Ah ! fit encore Saulnier, dont un sarcastique sourire releva la lèvre.

– Et je voulais vous prier, continua M. de Vauduy de prendre chez vous, pendant notre absence...

– La jeune citoyenne Marie, n'est-ce pas ? interrompit le docteur.

– Mademoiselle Marie, dit Brand, avec emphase.

– Vous avez deviné, cher docteur, il s'agit de Marie Brand ; à laquelle je m'intéresse... plus que je ne puis dire.

– Citoyen, répondit Saulnier avec sécheresse, je suis forcé de vous refuser, et vous comprendrez mes motifs. Moi-même, je compte partir ce soir, je venais vous prier de donner asile à ma fille jusqu'à mon retour.

Jean Brand traversa lentement la salle et vint se placer en face du docteur.

C'était un personnage assez remarquable que ce Jean Brand, et il mérite une description particulière. Sa taille était de beaucoup au-dessous de la moyenne, mais elle gagnait en largeur ce qu'elle perdait en longueur. Sa carrure eût fait honneur à un homme de six pieds, et son torse, supporté par de courtes jambes, de forme peu académique, était un modèle parfait de force musculaire. D'habitude, il tenait les yeux baissés, et sa tête se penchait sur son épaule dans une attitude de nonchalante apathie ; mais quand une passion soudainement excitée roidissait ses muscles, son cou se redressait et devenait de bronze ; les veines de son front se gonflaient, ses yeux fauves lançaient un éclair sombre et perçant à la fois. En ces instants, sa physionomie se faisait terrible et puissamment accentuée.

Rien de semblable n'existait lorsqu'il traversa la salle pour s'approcher du citoyen docteur. Seulement sa paupière demi-baissée laissait échapper un regard hostile et moqueur.

– Monsieur Saulnier, dit-il, ou citoyen, puisque c'est votre idée qu'on vous appelle comme ça, j'ai envie de vous donner un conseil.

– Je vous en tiens quitte, répondit le Médecin bleu avec dédain.

Jean Brand cligna de l'œil et roula son bonnet entre ses doigts.

– M'est avis, reprit-il, que vous avez marché sur une mauvaise herbe, not' maître.

– Je ne suis pas ton maître ; si je l'étais, mon premier soin serait de te dire : Va-t'en.

– Vous auriez tort, mon bon monsieur ; moi, tout au contraire, je vous dis : Restez !

– Que veut dire ce misérable ? s'écria le docteur en s'adressant à M. de Vauduy.

Mais celui-ci ne répondit que par un geste équivoque, qui

pouvait se traduire ainsi :

– Je n'ai pas le droit de lui imposer silence.

– Cela veut dire, reprit Jean Brand en se redressant tout à coup, que vous parlez à un capitaine au service de Sa Majesté le roi de France et de Navarre ; cela veut dire que vous n'êtes pas mon maître, en effet, parce que je suis le vôtre ; cela veut dire, enfin, que vous avez joué trop longtemps le rôle d'espion de la république dans ce pays, et que vos exploits en ce genre touchent à leur terme. Vous êtes mon prisonnier.

À cette époque de troubles, chacun portait sur soi des armes. Saulnier, qui était un homme de cœur, voulut résister et mit la main sur ses pistolets ; mais Jean Brand, le prévenant, appuya un des siens contre sa poitrine.

– Pas de sang ! s'écria l'homme au manteau, qui se précipita entre eux et les sépara. Monsieur Brand, pourquoi cette violence ? Donnez-moi vos armes, Saulnier ; je vous engage ma parole qu'il ne vous sera point fait de mal.

Celui qui parlait ainsi releva son chapeau à ces mots, et tendit la main au docteur.

– L'abbé de Kernas ! murmura celui-ci ; j'aurais dû m'en douter ! Je suis dans un repaire de chouans.

– Ami, répondit le prêtre, vous êtes en effet, entre un serviteur de Dieu et un défenseur du trône : à cause de cela, vous êtes en sûreté.

Il fit un geste, et Jean Brand remit ses pistolets à sa ceinture.

Vauduy était resté spectateur impassible de cette scène.

– Ce diable de Brand, dit-il alors, a des façons d'agir tout à fait extraordinaires ; il ne sait pas dire deux mots sans brûler une cartouche. Mon cher Saulnier, je vous demande pardon de ce qui arrive, mais ce que vous a dit Brand est la vérité ; vous êtes son prisonnier.

– Comment ! vous aussi !

– Moi plus que personne, poursuivit Vauduy. Je n'ai pas changé d'état ; je suis, comme autrefois, le serviteur de la maison de Rieux ; rien de plus.

– Mais de quel droit...

– Permettez. Le droit est positif ; Brand a prononcé un mot fâcheux, mais juste ; vous faites, parmi nous, le métier d'espion, mon très cher Saulnier.

Celui-ci voulut se récrier.

– Permettez, poursuivit M. de Vauduy avec la même froideur ; vous êtes un honnête homme, je le crois, et je vais vous en donner bientôt une preuve ; mais il n'en est pas moins vrai que vous comptiez partir ce soir pour Redon, afin de dénoncer...

– Je l'avoue, interrompit Saulnier ; je fais plus, je m'en glorifie !

– Chacun prend sa gloire où il la trouve, mon cher Saulnier ; mais, en bonne conscience, votre aveu suffit pour motiver la conduite du capitaine Brand, et, sans notre excellent curé, qui a mieux aimé jeter bas son incognito que de permettre...

– Me croyez-vous assez lâche pour le dénoncer ?

– Je ne prétends point cela, quoique Brand fasse, dans son coin, une grimace significative ; mais brisons-là. Voulez-vous être libre ?

– Quelles sont vos conditions ?

– Peu de chose. Vous me rendrez le petit service que je réclamais de vous au commencement de cette entrevue.

– C'est-à-dire ?

– Vous recevrez chez vous Marie Brand, en promettant, sous serment – je crois à votre parole, moi – en promettant de la traiter comme votre fille, et surtout de ne point aller à Redon.

Saulnier se prit à réfléchir.

À ce moment, on entendit ouvrir la porte extérieure du château, et les pas d'un cheval retentirent sur le pavé de la cour.

L'hésitation du docteur ne dura pas longtemps.

– Ni l'un ni l'autre, répondit-il. En sortant d'ici, le premier acte de ma liberté sera de partir pour Redon.

– Voilà qui est parler, murmura Jean Brand.

Le prêtre haussa les épaules en soupirant.

– En outre, poursuivit Saulnier, je ne souffrirai jamais que le toit qui abrite ma fille soit souillé par...

– Silence ! s'écria Brand d'une voix menaçante.

– Silence, en effet, maître Saulnier, dit M. de Vauduy, perdant tout à coup son ton de froideur ; si j'ai deviné ce que vous alliez dire, vous feriez bien de recommander à Dieu votre âme avant d'achever tout haut votre pensée.

L'ancien curé de Saint-Yon s'approcha de nouveau du docteur.

– Monsieur Saulnier, dit-il, nous étions autrefois amis, et j'espère que vous m'avez gardé votre estime.

– Mon estime et mon amitié, citoyen Kervas, dit le docteur en lui tendant la main.

– Eh bien, reprit le prêtre, ayez égard à ma prière ; consentez à rester neutre dans ces tristes combats et à donner asile à Marie Brand.

Avant que le docteur eût pu répondre, il se fit un léger bruit à la porte : personne n'y prit garde.

– Jamais ! s'écria le citoyen Saulnier ; je suis républicain, je servirai la République jusqu'à ma mort.

– Ainsi vous refusez de recevoir Marie Brand ? prononça lentement M. de Vauduy.

– Je refuse.

Vauduy tira le cordon d'une sonnette, et deux paysans armés jusqu'aux dents parurent sur le seuil d'une porte latérale.

Mais, au même instant, la porte d'entrée s'ouvrit avec fracas, et Marie Brand s'élança dans le salon. Une vive rougeur colorait sa joue ; son œil brillait d'un éclat extraordinaire, et ses sourcils froncés donnaient à sa physionomie une expression de sauvage et impérieuse rudesse.

À son aspect, M. de Vauduy, Jean Brand et le curé lui-même se découvrirent respectueusement. Elle ne répondit point à leur salut.

– Que signifie cela, messieurs ? dit-elle, en entrant, d'une voix courroucée ; depuis quand la fille de mon père a-t-elle besoin qu'on sollicite pour elle un asile.

– Not' demoiselle... murmura humblement Jean Brand.

– Paix ! je vous avais fait connaître mes volontés ; vous saviez qu'il me plaisait de suivre l'armée royaliste, et de combattre dans les rangs des fidèles soutiens du trône et de l'autel. Est-ce un complot que vous tramiez contre moi, messieurs ?

– Mademoiselle, dit Vauduy, si c'est un crime d'avoir voulu mettre à l'abri votre précieuse personne...

– Est-ce donc la fille d'un roi ? se demanda Saulnier.

Et, en effet, à voir le geste impérieux et la pose pleine de majesté de cette enfant de treize ans, devant laquelle s'inclinaient les trois hommes, une pareille question était permise. Si Marie n'était pas de race royale, du moins devait-elle être d'une bien illustre naissance, pour que son caprice fût ainsi accueilli par le respect et l'humilité.

Le prêtre, néanmoins, parut bientôt se souvenir que son ministère était au-dessus de toute distinction sociale.

– Ma fille, dit-il d'un ton ferme, vous êtes bien jeune...

– Qu'importe.

– Peu importe, en effet. Eussiez-vous l'âge d'une femme, votre place ne serait point au milieu des camps. N'est-ce point assez des hommes pour répandre le sang dans cette déplorable querelle ?

Marie écoutait, le front haut ; un sourire impatient et railleur précéda sa réponse.

– Mon père, dit-elle, je suis femme, je le sais ; c'est un malheur. Mais monsieur mon cousin de Rieux, marquis de Sourdéac, est mort en exil, je suis le dernier rejeton de la plus illustre maison de Bretagne, et par la Vierge, ma sainte patronne, je dis : Foin de mon sexe ! et je porte l'épée. Il ne faut pas, voyez-vous, que l'héritage de Rieux tombe en quenouille !

– Bravo ! murmura Jean Brand, dont l'œil rayonna d'enthousiasme.

– Que Dieu ait pitié de vous, ma fille, dit le prêtre, car votre cœur est plein d'orgueil.

Et il se retira lentement.

Le docteur était né vassal de Rieux. Involontairement saisi par le souvenir de tous les bienfaits dont cette noble race avait de tout temps comblé le pays, il se découvrit à son tour.

– Citoyenne, balbutia-t-il avec embarras, j'ai refusé asile à Marie Brand, mais Marie de Rieux...

– Assez, monsieur ! interrompit la jeune fille avec mépris ; je ne veux point vous dire ce que je pense de vous, car Sainte, votre fille, fut mon amie, et René, votre fils, est un digne soldat du roi ; mais si vous eussiez accepté l'offre que ces messieurs ont eu la faiblesse de vous faire, j'aurais refusé, moi. Allez, monsieur, allez continuer votre rôle ; il n'y a pas loin d'ici à Redon... et vous êtes libre !

– Libre ! répéta le Médecin bleu au comble de la surprise.

– Not' demoiselle l'a dit ! grommela Jean Brand avec résignation.

– Qu'il soit fait suivant sa volonté ! ajouta M. de Vauduy.

Saulnier salua profondément Marie de Rieux et fit un froid signe de tête à Vauduy. En passant près de l'abbé de Kernas, il lui tendit de nouveau la main.

– C'est une noble enfant ! dit-il à voix basse en désignant Marie.

– Monsieur Saulnier, répondit le prêtre, remerciez Dieu, car il vous a donné une fille qui a toutes les vertus de son sexe et qui n'a que celles-là.

Quant à Jean Brand, il suivit le docteur, jusqu'au seuil, d'un regard haineux et plein de rancune.

– Il va nous dénoncer, pensa-t-il ; mais nous serons loin demain, et je veux que le loup me croque, s'il retrouve autre chose qu'un tas de cendre à la place de sa maison !

V

Le bien pour le mal

Un mois s'est écoulé depuis la scène que nous venons de rapporter. La lutte s'est engagée, ardente, implacable, comme toute lutte entre concitoyens.

Le jour de sa visite au château, le docteur avait accompli sa menace ; il était parti pour Redon avec Sainte. Jean Brand aussi s'était souvenu de sa promesse ; quand le citoyen Saulnier revint le lendemain, escorté d'un détachement de Bleus, il vit de loin fumer les derniers débris de sa maison.

Sainte pleura sur la demeure où s'était passée son enfance, où elle avait reçu le dernier soupir de sa mère, – sa bonne mère qui l'aimait tant ! – mais aucune pensée de vengeance n'entra dans son cœur. Il n'en fut pas de même du Médecin bleu, qui, dans sa colère, jura la mort de Jean Brand, et s'engagea volontaire pour traquer son ennemi.

Bientôt les environs de Saint-Yon offrirent une désolation profonde. Le bourg lui-même était abandonné, et c'est à peine si quelques femmes et quelques enfants se montraient parfois dans la longue rue déserte. Ces malheureux ne faisaient à Sainte aucun reproche, mais, quand ils passaient près d'elle, ils ne lui envoyaient plus leur cordial et joyeux salut. Son père n'était-il pas l'agent fatal qui avait amené les républicains dans ces contrées ?

Sainte ne discontinuait point pour cela sa vie de bienfaisance. Ce qu'elle avait, elle le donnait aux tristes débris de la population du bourg. On recevait ses bienfaits, parce que la misère ne marchande pas, mais on les recevait sans gratitude, et il semblait que tout son généreux dévouement ne pût désormais compenser la haine qu'on portait au Médecin bleu.

Celui-ci avait choisi l'une des cabanes abandonnées pour y établir sa demeure. Cette cabane, par un singulier hasard, était justement celle de Jean Brand, le ci-devant bedeau, son mortel ennemi. Du reste, le citoyen Saulnier n'y faisait que de courtes apparitions ; il poursuivait son œuvre de colère avec une passion inouïe, et se montrait toujours le plus ardent à la poursuite des insurgés.

Souvent Sainte restait seule au logis durant de longues semaines, sans nouvelles de son père. Quand il revenait, elle se précipitait à sa rencontre, joyeuse de voir ses inquiétudes terminées et espérant qu'enfin son père ferait trêve à cette lutte acharnée ; mais il n'en était rien. Le Médecin bleu recevait avec une distraite indifférence les caresses de sa fille, puis il repartait en toute hâte.

Les chouans, cependant, étaient loin d'avoir toujours le dessous. Déjà plusieurs fois des renforts étaient venus de Redon, mais la victoire restait indécise. Quand les chouans étaient obligés de céder le champ de bataille aux troupes régulières, ils disparaissaient tout à coup pendant quelques jours. Nul ne savait quelle retraite les dérobait alors aux recherches les plus actives ; puis, au bout d'une semaine, on les voyait revenir plus nombreux et plus déterminés que jamais.

Les femmes et les enfants qui restaient à Saint-Yon semblaient avertis de tout ce qui se passait au dehors, et faisaient les plus étranges récits. On disait que le général des chouans était une jeune fille de treize ans, belle comme on ne vit jamais de beauté, et plus intrépide que le plus brave des soldats.

Et comme Sainte, dans sa naïve curiosité, s'informait de son nom, on lui répondit, avec l'emphase propre aux paysans de la haute Bretagne :

« Des gens l'ont connue et fréquentée, qui n'étaient pas dignes de dénouer les cordons de ses souliers ; ceux-là l'appelaient Marie Brand ; mais son vrai nom est mademoiselle de Rieux, marquise d'Ouëssant, d'Acérac, de Sourdéac et de Châteauneuf-de-la-Mer ! »

Sainte s'émerveillait de ces récits, mais elle n'avait garde d'envier le sort brillant de son ancienne compagne. Elle se souvenait des paroles du bon prêtre et n'ambitionnait point d'autre rôle que celui que l'abbé de Kernas lui avait, autrefois, tracé en trois mots : PAIX, CONCILIATION ET PITIÉ. Comme elle aimait encore Marie, et que Marie était en péril, elle unissait dans sa prière de chaque jour, son nom à ceux de René et de son père.

Un jour, il y avait longtemps que le Médecin bleu n'avait paru à la cabane, Sainte revenait de la forêt où s'était dirigée sa promenade solitaire, lorsqu'un fracas soudain retentit derrière elle : c'était le bruit d'une vive fusillade. Elle tourna la tête et vit une cinquantaine de chouans franchir le talus du chemin et s'enfuir, poursuivis par un nombre double de républicains. Ils passèrent rapidement auprès d'elle.

– Voici un otage ! s'écria l'un d'eux ; saisissons la fille du Médecin maudit !

Mais les fuyards étaient presque tous des gens de Saint-Yon. Ils passèrent, et plusieurs même soulevèrent leur chapeau en disant :

– Dieu vous bénisse !

Quelques-uns, pourtant, étrangers au bourg, s'arrêtèrent, ayant à leur tête celui qui avait parlé le premier et qui n'était autre que Jean Brand, revêtu de son costume de capitaine, c'est-à-dire portant le feutre à plumes, la veste à revers et la ceinture blanche.

– Saisissons-la ! répétèrent-ils.

Sainte voulut fuir. Ses jambes fléchirent ; elle eût été bien vite atteinte, si une seconde décharge des Bleus, qui avaient franchi le talus à leur tour, n'eût mis le trouble parmi ceux qui la poursuivaient. Ils s'enfoncèrent rapidement dans les taillis qui bordaient un côté de la route.

Mais la décharge avait eu un autre résultat. Jean Brand, frappé de deux balles, était tombé aux pieds de Sainte.

– Jésus-Dieu ! dit-il, j'ai mon compte.

Les Bleus, sans se donner le temps de recharger leurs armes, s'étaient précipités sur les traces des fuyards.

Quand ils eurent disparu, Jean Brand se releva en chancelant. Ses traits exprimaient l'étonnement le plus profond.

– Mam'zelle, murmura-t-il, voyant que Sainte le soutenait, saviez-vous que c'est moi qui ai mis le feu à la maison de votre père ?

– Je le savais, répondit Sainte. Appuyez-vous sur mon bras.

– Et pourtant, reprit Jean Brand, vous avez laissé passer les Bleus sans leur dire : Le voilà ! tuez-le ! vous vous êtes placée devant moi pour me cacher, et maintenant, vous me soutenez comme si j'étais votre ami.

– Venez, interrompit Sainte ; votre sang coule, je vous panserai.

– Et tout à l'heure encore, continua Jean Brand, je proposais à mes hommes de vous saisir, vous m'avez entendu, n'est-ce pas ?

– Je vous ai entendu. Hâtons-nous, ils vont revenir.

– Mam'zelle Sainte, je pensais qu'au ciel seulement il y avait des anges !

On entendit au loin un nouveau bruit de fusillade.

– Venez, venez ! s'écria Sainte en l'entraînant.

Jean Brand se laissa faire. En marchant, il levait sur sa jeune protectrice un regard de reconnaissance et d'admiration.

Sainte allait avec précaution, et le soutenait de son mieux. Après bien des efforts, ils arrivèrent à la cabane et Jean Brand se coucha dans son lit, qui était devenu celui du docteur. Sainte avait souvent aidé son père dans ses pansements. Intelligente et adroite, elle avait retenu ce qu'il fallait faire dans ces occasions, et le blessé se sentit bientôt assez soulagé pour chercher le sommeil.

À peine était-il endormi que les Bleus arrivèrent. Sainte fit tomber autour du lit l'épais rideau de serge, et ouvrit la porte aux soldats de la République. Si Jean Brand s'éveilla pendant l'heure qui suivit, il dut se croire l'objet d'une étrange vision. Les républicains s'étaient attablés sans cérémonie et faisaient fête au vin du docteur. Quand ils eurent bien bu, ils se retirèrent et laissèrent la pauvre Sainte accablée de tristesse : nul, parmi eux, n'avait pu lui donner des nouvelles de son père.

Mais Jean Brand ne s'éveilla que le lendemain, ignorant le danger qu'il avait couru pendant son sommeil. Sa première parole fut, néanmoins, un cri de gratitude. Tandis que Sainte le pansait, elle sentit une larme tomber sur sa main. Jean Brand pleurait.

– Mam'zelle Sainte, dit-il, si Dieu m'exauce, je vous revaudrai cela quelque jour.

– Vous ne me devez rien, répondit-elle, et si vous voulez me faire une promesse, je serai trop payée.

– Laquelle ? s'écria Brand avec vivacité.

– Le hasard peut vous mettre un jour en face de mon père dans un combat. Épargnez-le en souvenir de moi !

– Je vous le jure.

– Merci.

Sainte avait fini le pansement. Elle s'assit auprès du lit et mit sa tête entre ses mains. Alors seulement Brand remarqua sa profonde tristesse, et c'eût été merveille pour un observateur, que de voir la sympathique mélancolie qui envahit tout à coup le rude visage du proscrit.

Jean Brand était un de ces hommes énergiquement trempés qui surgissent aux jours des révolutions. Simple, dépourvu de toute espèce d'instruction, mais possédant un coup d'œil rapide autant que sûr, et cet imperturbable sang-froid dans le danger, qui est la première vertu d'un chef de partisans, il avait gagné la confiance des nobles qui commandaient la chouannerie. C'était lui qui, avec M. de Vauduy, dirigeait la bande des environs de Saint-Yon, composée en majeure partie des anciens vassaux de la maison de Rieux. Jean Brand pouvait être cruel par circonstance ou par nécessité, mais son cœur, fort dans le bien comme dans le mal, était capable d'une reconnaissance sans bornes. La conduite de Sainte l'avait touché plus que nous ne saurions dire ; cette chose sublime que commande la religion chrétienne et que pratiquent si peu de chrétiens, le pardon des injures, semblait au chouan demi-sauvage un acte de vertu surhumaine. Il avait fait le mal, on lui rendait le bien ; ce n'était là qu'accomplir strictement la lettre de la morale évangélique ; mais, dans les campagnes bretonnes, la loi du talion est en vigueur, et ceux-là seulement qui sont trop faibles pour se venger font fi de la vengeance.

Jean Brand suivait donc avec sollicitude la mélancolique rêverie de l'enfant qui venait de lui sauver la vie, et se sentait venir à l'âme une tendresse croissante.

– Oh ! oui, murmura-t-il involontairement, s'il veut me tuer, il me tuera ; mais moi, je le respecterai comme s'il était mon propre frère.

Sainte leva sur lui un regard voilé de larmes.

– Pourquoi pleurez-vous ? demanda-t-il.

– Hélas ! répondit Sainte, je vous crois sincère, mais est-il temps encore ? Il y a quinze jours que je n'ai eu de nouvelles de mon père.

– Nous en aurons ! s'écria l'ancien bedeau ; je me charge d'en avoir ; fallût-il vous conduire jusque dans notre retraite, dont nul ne connaît le secret, vous aurez des nouvelles du Médecin bleu... Et, tenez, je me sens fort ; peut-être pourrons-nous partir sur-le-champ !

Il voulut se lever ; mais, affaibli par la grande quantité de sang qu'il avait perdu, il ne put y réussir, et s'affaissa sur son lit.

– Merci, dit Sainte en souriant doucement ; quand vous serez rétabli, nous partirons.

VI

Le Trou-aux-Biches

Huit jours se passèrent, et aucune nouvelle du docteur ne vint calmer l'inquiétude de Sainte. Grâce à ses soins, Jean Brand était complètement rétabli.

- Mam'zelle Sainte, dit-il un matin, je vais retrouver mes frères. Le secret de notre retraite fait toute notre sûreté, mais je me confie en vous comme si vous étiez ma fille ; voulez-vous venir avec moi !

- Aurai-je des nouvelles de mon père ? demanda Sainte.

- Nous chercherons ; nous interrogerons les gars depuis le premier jusqu'au dernier. Quant à moi, je ferai de mon mieux, voilà qui est sûr.

- Partons donc ! dit Sainte ; mais la route est longue sans doute ?

- Pas si longue que vous pensez. Venez.

Les dernières maisons du bourg de Saint-Yon touchent à un terrain dépourvu d'arbres et dont une portion est maintenant défriché. C'était alors une lande aride, s'étendant à perte de vue, entre la lisière de la forêt et les rivages du marais de l'Ouest. Toute cette lande était couverte d'ajoncs vigoureux et touffus, qui s'élevaient un peu au-dessus de la stature d'un homme.

De tous côtés, comme il arrive d'ordinaire sur les landes où nulle considération ne force le piéton à s'écarter de la ligne directe, ce taillis épineux était percé de mille sentiers divergents, qui se coupaient et s'enchevêtraient de telle sorte que le fameux fil d'Ariane eût été une ressource parfaitement insuffisante pour se diriger au milieu de cet inextricable labyrinthe. Mais, à défaut de fil, Jean Brand, qui s'y était engagé avec Sainte, avait une connaissance exacte et minutieuse du pays. Aussi allait-il d'un pas ferme, changeant de sentier tous les dix pas, mais ne montrant jamais une ombre d'hésitation.

Au bout d'une demi-heure de marche, il s'arrêta.

- Nous voici arrivés, dit-il.

Sainte regarda autour d'elle avec surprise. Elle connaissait ce lieu pour y être venue souvent dans ses promenades, mais elle n'y avait jamais rien découvert qui pût servir d'abri à des êtres humains.

Cet endroit formait à peu près le milieu de la lande. Le terrain s'y affaissait circulairement, de manière à former un large amphithéâtre ou entonnoir, à pente insensible, dont le centre était marqué par un *menhir* (pierre druidique). Le sol, uni et sans mouvement aucun, ne permettait pas de croire à l'existence d'une caverne cachée ; et l'absence complète d'arbres éloignait toute idée d'un campement en plein air.

- C'est le *Trou-aux-Biches,* dit Sainte, en donnant à ce lieu le nom sous lequel il était désigné dans le pays.

- C'est plutôt le *Trou-aux-Chouans,* répondit le bedeau. Du moins, à l'heure qu'il est, vous y trouverez plus de chouans que de biches.

Sainte jeta un nouveau regard aux alentours. Elle ne vit rien encore.

Jean Brand écarta alors avec précaution les branches épineuses d'un gigantesque ajonc.

- Passez, dit-il.

Sainte obéit. Aidée par le chouan, qui, avec une adresse singulière, la préserva de toute piqûre, elle franchit le premier obstacle, et se trouva dans un nouveau sentier, tortueux, étroit, et le long duquel on ne pouvait marcher qu'en se courbant, parce que les ajoncs se rejoignaient à quatre pieds du sol et formaient une manière de buisson impénétrable à l'œil. On serait passé vingt fois devant la touffe d'ajoncs qui masquait ce sentier sans soupçonner son existence, et ce n'était là, cependant, pour ainsi dire, que le premier anneau de la chaîne de précautions dont s'entouraient les insurgés royalistes.

Jean Brand prit la main de Sainte, et lui fit descendre la pente douce de l'amphithéâtre.

Ils arrivèrent ainsi au pied du *menhir* dont la tête grise s'élevait à plusieurs toises de terre. Jean Brand en fit le tour et toucha par trois fois, avec la crosse ferrée de son fusil, une pierre rugueuse et carrée qui semblait scellée dans le sol. Au troisième coup, la pierre, tournant sur une charrière intérieure, fit bascule et laissa découvert l'orifice d'un large trou.

– Mort ! cria une voix souterraine.

– Bleu ! répondit Jean Brand, achevant ainsi le juron caractéristique qui servait de mot de passe.

La pauvre Sainte s'était reculée avec effroi, en voyant la gueule béante de la caverne ; le chouan la rassura tout doucement, et tous deux commencèrent à descendre.

– Mettez vos fusils de côté, mes braves, dit Jean Brand en voyant deux sentinelles en blouse et en sabots croiser les armes au bas de l'escalier.

– Le bedeau ! s'écrièrent en même temps les deux chouans ; le bedeau qui revient !

Et de tous les coins de la caverne, un hourra général et joyeux répéta :

– Le bedeau !

Sainte descendait en ce moment la dernière marche ; en tournant l'angle saillant de l'escalier, elle se trouva tout à coup dans une immense salle brillamment éclairée, et remplie d'hommes armés. Plus morte que vive, elle se pressa timidement contre son conducteur.

La caverne, de forme semi-circulaire et dont les deux bouts se repliaient légèrement, de manière à figurer un croissant, était entourée d'une litière de paille, couche commune où s'étendaient les chouans, lorsque l'heure du sommeil était venue. Au-dessus de cette litière, une sorte de râtelier contenait l'arsenal de rechange de la bande. C'étaient des armes de toute sorte, de toute forme et, on peut le dire, de toute provenance. À côté d'une rapière droite, à lame triangulaire, pendait un sabre recourbé à pointe de Damas, dont la poignée, bizarrement historiée, annonçait une origine musulmane ; auprès d'un tromblon de cuivre, à la gueule évasée comme le pavillon d'un cor de chasse, se dressait la longue et fluette canardière du chasseur des marais ; puis venait un luxueux fusil à deux coups, arme de gentilhomme, qui avait mis à mort, sans doute, plus d'un vieux loup, plus d'un fort sanglier ; puis encore un mousquet massif, un canon blanc et lisse, trophée conquis sur un pauvre milicien de la République. Au bout de ce magasin, sur un affût, une petite pièce de deux livres de balles était soigneusement recouverte de son étui de serge. Ce petit canon ne sortait jamais du souterrain ; c'était l'artillerie de défense.

Sainte ne vit tout cela, comme on le pense, que fort imparfaitement. L'aspect de tous ces hommes à figures farouches l'effrayait ; elle osait à peine lever les yeux, et avait rabattu son voile sur son visage.

– Bedeau, mon ami, dit un officier supérieur en costume, dans lequel Sainte reconnut M. de Vauduy, nous avions presque fait le sacrifice de ta précieuse personne. D'où viens-tu ? et qui nous amènes-tu là ?

– C'est trop de questions, répondit Jean Brand, et je n'ai pas le temps d'y répondre. Où est *Mademoiselle* ?

– Dans son boudoir, répliqua M. de Vauduy en ricanant.

Jean Brand traversa la foule, écartant à l'aide de ses coudes vigoureux ceux que la curiosité portait à s'approcher trop près de Sainte.

Arrivé au bout de la caverne, il poussa une porte et entra dans une petite cellule voûtée, où Marie de Rieux était seule.

– Ah ! ah ! fit Marie en prenant un air de souveraine qui ne lui allait point trop mal ; notre fidèle père nourricier ! Sois le bienvenu, Jean Brand, je craignais de ne plus te revoir.

Elle tendit la main avec une affectation théâtrale, et le bedeau la porta à ses lèvres.

– Not' demoiselle, dit-il, voici mam'zelle Sainte, qui m'a sauvé la vie, et qui voudrait savoir des nouvelles du Médecin bleu.

– Sainte ! s'écria la hautaine enfant en cachant une émotion réelle sous un sardonique sourire ; qu'elle soit aussi la bienvenue ! Mais est-ce bien chez nous qu'il faut venir, pour chercher des nouvelles du Médecin bleu ?

– Sauf respect, commença Brand, en interrogeant nos hommes...

– C'est bien ! interrompit Marie, interroge qui tu voudras, et laisse-nous seules.

Brand salua et se retira aussitôt.

Les deux jeunes filles ne s'étaient point vues depuis le jour où la croix, surmontée d'un drapeau blanc, avait été relevée au carrefour de la forêt. Il y avait de cela plusieurs mois. Sainte fut surprise et affligée du changement que ce court espace de temps avait opéré sur les traits de sa compagne. Marie était toujours belle, mais une mate et maladive pâleur avait remplacé les fraîches couleurs qui brillaient autrefois sur sa joue. Son œil était entouré d'un cercle bleuâtre, et il y avait une tristesse profonde sous la méprisante ironie de son sourire.

Elles restèrent quelques minutes en face l'une de l'autre. Marie semblait faire une comparaison pénible entre le doux visage de Sainte et ses traits à elle, ses traits d'enfant, déjà fanés et presque flétris. Enfin elle rompit le silence.

– La fille du Médecin bleu, dit-elle sans abandonner son ton de froideur, s'est donc enfin souvenue de son ancienne amie ?

– Elle ne l'a jamais oubliée, répondit Sainte avec douceur.

– C'est de sa part bien de la bonté. Et n'avez-vous point tremblé, Sainte, à l'idée de confier votre vie à des brigands tels que *nous* ?

Marie appuya sur ce mot avec une singulière emphase ; on voyait que la pauvre enfant prenait fort au sérieux sa position d'héroïne. Sainte songea peut-être à cette fable que le bon La Fontaine a intitulée *la Mouche du coche*, mais elle n'en fit rien paraître, et répondit simplement :

– Je suis sous la sauvegarde de Jean Brand.

– Pauvre sauvegarde, ma fille ! Jean Brand est ce que tout le monde est ici, mon serviteur... un mot de moi, un geste, moins que cela le ferait rentrer sous terre.

Sainte baissa les yeux. Elle se sentait prise de pitié.

– Vous êtes bien puissante, Marie, dit-elle ; êtes-vous heureuse ?

Cette question fit tomber comme par enchantement le masque au moyen duquel Marie voulait cacher son naturel franc et sincère. Elle regarda un instant Sainte d'un air indécis puis, se levant d'un saut, elle lui jeta les bras autour du cou et se prit à pleurer.

– Sainte, ma bonne Sainte, dit-elle, que je voudrais être à ta place !

La fille du docteur lui rendit son étreinte, et toutes deux, les bras enlacés, s'assirent côte à côte.

– Ainsi, dit Sainte, tu n'es pas heureuse ?

– Je ne sais. Parfois des idées de gloire traversent ma cervelle ; je me sens le cœur d'un homme, et ma main trouve plaisir à caresser la garde d'une épée. C'est le sang de Rieux qui parle, alors ; en cet instant, j'irais à la mort comme on court à une fête. Mais d'autre fois, quand je me vois, pauvre enfant que je suis, au milieu de tous ces hommes dévoués, mais grossiers et toujours prêts à lâcher la bride à leurs passions brutales, faut-il le dire ! j'ai peur.

Elle cacha sa tête dans le sein de son amie.

– Oh ! reprit-elle après un moment de silence, ce n'est pas la mort que je crains. Mon bras est faible, mais mon cœur est fort. Ce qui me ronge, c'est le doute : parfois, je crois surprendre un sourire de pitié sur les lèvres de mes hommes ; parfois, ils me répondent avec cet air de condescendance que prennent les bons serviteurs envers l'enfant gâté d'un maître qu'ils aiment. Admirent-ils ma précoce énergie ? Raillent-ils mes inutiles exploits ? Suis-je grande ou suis-je ridicule ?

En prononçant ce dernier mot, elle lança à la dérobée, vers Sainte, un regard plein d'anxiété.

Celle-ci fut quelque temps avant de prendre la parole. Quand elle rompit enfin le silence, ce fut d'un ton grave, presque sévère.

– Et c'est là tout ce que vous craignez ? dit-elle.

– N'est-ce pas assez ?

– Un jour, le curé de Saint-Yon, que vous respectiez autrefois, Marie.

– Et que je respecte encore...

– Je le souhaite. Un jour donc, le saint prêtre me dit ces paroles, qui se sont gravées dans ma mémoire : « En ce temps de luttes impies, ma fille, le rôle d'une femme doit être le rôle de paix, de conciliation et de pitié. » Ne vous a-t-il jamais rien dit de semblable, Marie !

– Si fait... je crois me souvenir. Mais je trouve injustes et cruelles ces prescriptions qui font de la femme un être passif, un être nul.

– Nul pour le mal, et tout-puissant pour le bien ! pensez-vous que ce soit un mauvais partage que le nôtre ?

– Je ne sais, dit Marie en soupirant ; peut-être as-tu raison. En tout cas, pour reculer, je suis trop avancée.

– Est-il jamais trop tard pour reconnaître ses torts ? dit Sainte.

– Pour toi, pour tout autre, non ! mais je m'appelle de Rieux, et suis seule pour soutenir la gloire de ma race. Adieu ! Sainte, tes paroles amollissent mon cœur, et j'ai besoin d'un cœur de bronze. Adieu !

Marie de Rieux déposa un baiser sur le front de Sainte, et la congédia d'un geste. Quand elle fut seule, elle tomba dans une rêverie profonde et murmura machinalement :

– Paix, conciliation, pitié ! C'est là le rôle d'un ange et non d'une créature mortelle... et pourtant, c'est celui de Sainte.

Cette dernière rentra dans la caverne et chercha des yeux Jean Brand, qui vint aussitôt à sa rencontre d'un air triste.

– J'ai interrogé tout le monde, dit-il, et personne n'a pu me répondre.

– N'y a-t-il plus d'espoir ? murmura Sainte accablée.

– Notre bande n'est pas seule, répondit le bedeau. J'irai, je m'informerai.

– Oh ! merci, merci, monsieur Brand ! s'écria Sainte. Dieu vous récompensera.

– Pensez-vous donc, dit le paysan en montrant sa poitrine, que ceux que vous appelez des brigands n'ont pas là de cœur pour aimer et se souvenir ? J'ai contracté envers vous une dette, mam'zelle, et je vous la payerai avant de mourir.

VII

La dette de Jean Brand

Sainte revint tristement à la cabane, et passa encore une semaine en proie à toutes les tortures de l'attente.

Un jour, Jean Brand arriva tout essoufflé.

– Une chopine de cidre, mam'zelle, si c'est un effet de votre bonté, dit-il en tombant épuisé sur un banc.

Sainte se hâta de lui servir à boire, et le bedeau avala la chopine d'un seul trait.

– Ah ! fit-il avec un long soupir de soulagement ; un morceau de lard et du pain, maintenant, mam'zelle, si ce n'est pas trop demander.

Sainte mit du pain et du lard sur la table. Jean Brand, avec une rapidité merveilleuse, fit disparaître le tout en un instant.

– Ah ! dit-il encore en avalant la dernière bouchée.

Puis il ajouta dolemment :

– Il y a trois grands jours que je n'avais mangé, mam'zelle.

– Est-il possible ! s'écria Sainte.

– Voyez, reprit Jean, qui se leva et montra son costume d'un geste mélancolique.

Son habit d'officier royaliste était réduit à l'état de haillons ; son écharpe blanche, déchirée et noircie par la poudre, pendait en lambeaux autour de son corps.

– Qu'est-il donc arrivé ? demanda Sainte.

– De tristes nouvelles pour les amis du roi, mam'zelle. Voilà trois jours que nous nous battons, ou plutôt que nous sommes battus. Le général S*** est en campagne, le maudit Bleu ! Nous étions un contre quatre. Ah ! mam'zelle Sainte, il y a bien des corps morts à cette heure sur la lande.

– Et mon père ? s'écria la jeune fille dans son égoïste tendresse.

– J'allais y venir, mam'zelle, et je vous demande pardon de vous avoir parlé de nous. Il y a des nouvelles... de votre père d'abord... et puis d'un autre encore.

– Mon frère ?

– Bien touché ! C'est du gars René, en effet, qu'il s'agit.

– Parlez, monsieur Brand, par pitié, parlez !

– Je suis venu pour cela, mam'zelle, et je viens de loin. D'abord, il faut vous souvenir que je vous dois quelque chose, et que j'avais promis de payer ma dette avant de mourir. Je l'ai payée, mam'zelle, et tout à l'heure, je vais aller mourir... ça vous étonne ? Écoutez : il y a trois jours, un corps de Vendéens nous arriva ; les pauvres diables étaient dans un piteux état, car, depuis la Loire, ils avaient été poursuivis par les Bleus. Néanmoins, ils n'avaient perdu qu'un des leurs : un jeune homme, qui était tombé de fatigue à deux cents pas du *Trou-aux-Biches*. Je demandai son nom : – René Saulnier, me répondit-on.

– Mon frère ! mon pauvre frère !

– Attendez donc ! Je pris ma canardière et m'en allai sur la lande. René était là, qui tirait la langue à faire pitié. Je lui donnai ma gourde et le chargeai sur mes épaules ; mais les républicains arrivaient : saint Jésus ! nous l'avons échappé belle ! Heureusement que ma gourde avait ranimé René ; il fila, et je restai pour couvrir sa fuite.

– Excellent homme ! s'écria Sainte en prenant la main de Jean.

– Attendez donc ! Ce fut l'affaire de dix minutes. Les Bleus n'avaient plus de munitions, j'en ai été quitte pour quelques coups de crosse, et j'ai la tête dure ; et d'un ! Le lendemain ce fut une autre fête. Nous sortîmes du *Trou-aux-Biches* avant le jour pour surprendre les Bleus : nous les trouvâmes endormis... Votre père était là, mam'zelle.

– Mon Dieu ! qu'allez-vous m'apprendre ? murmura Sainte.

– Attendez donc ! Il eut le temps de s'armer, et vint à notre rencontre comme un brave homme qu'il est, quoique *pataud*. Il se trouva en face de M. de Vauduy, son ancien camarade... Voyez-vous, mam'zelle, dans ces guerres de Français à Français, il n'y a pas d'amitié qui tienne : souvent même l'idée qu'on a devant soi un ami vous pousse et vous met le diable au corps. Vauduy est maître en fait d'armes. Il reçut votre père, ferme sur la hanche, et allait l'embrocher, lorsque je l'ai terrassé d'un coup de crosse, priant le citoyen votre père d'aller voir à deux lieues de là si j'y étais par hasard. Voilà ?

- Quoi ! sauvés tous deux ! sauvés par vous ! dit Sainte, qui fondit en larmes. Que faire pour vous prouver ma reconnaissance ?

- Voulez-vous me rendre bien content ? dit Brand, qui se sentit rougir sous le cuir bronzé de sa joue.

- Parlez, que faut-il faire ?

Brand ouvrit ses bras.

- Embrassez-moi, mam'zelle Sainte, mais là, bien comme il faut, comme une bonne fille embrasse son vieux père.

Sainte se jeta à son cou.

Le bedeau souriait et pleurait en même temps.

- Merci ! dit-il. Maintenant je ne vous dis pas au revoir, mam'zelle Sainte, car je ne vous verrai plus ; j'ai frappé mon officier ; nous avons, nous aussi, une discipline. Adieu.

Sainte ne comprit pas tout d'abord ; mais bientôt la réalité lui parut tout entière.

- Ils vont le fusiller ! s'écria-t-elle en courant sur les pas du bedeau. Brand ! Jean Brand ! restez avec moi.

Mais le chouan n'était déjà plus à portée de l'entendre.

VIII

Le rêve

Les chouans de Saint-Yon étaient à l'agonie ; un dernier coup devait les détruire ou les disperser. M. de Vauduy, seul officier restant, disposa ses hommes pour une suprême bataille ; il ne leur cacha point l'imminence du danger : À quoi bon ? Ils étaient préparés à mourir.

Quand Vauduy se fut acquitté de ses devoirs de soldat, il entra dans la cellule de Marie.

– Mademoiselle, dit-il, deux chevaux sont sellés, et vous attendent au pied du *menhir* ; un de mes hommes vous accompagnera jusqu'à Vannes, où j'ai fait retenir votre passage sur un brick qui part pour Falmouth. Il faut nous séparer.

Marie secoua l'engourdissement du désespoir où l'avaient plongée les défaites successives de ses compagnons.

– Vous êtes donc bien sûrs de vaincre ? dit-elle en se redressant tout à coup.

– Hélas ! mademoiselle, nous sommes sûrs de mourir.

– Et vous voulez me renvoyer à l'heure du péril ! Vauduy, cela n'est pas d'un serviteur loyal. Puisque la race des Rieux doit s'éteindre avec moi, qu'elle s'éteigne noblement, et sur un champ de bataille !

Vauduy voulut faire des représentations.

– Je le veux ! s'écria Marie.

L'ancien intendant s'inclina jusqu'à terre et sortit à reculons.

Comme il sortait, il rencontra Jean Brand.

– Bedeau, mon ami, dit-il, pourquoi es-tu revenu ?

– J'avais donné ma parole.

– Une parole est quelque chose, mais la vie est davantage. Tu m'as frappé, tu dois mourir. Mais ce n'est pas une chose dérisoire que de fusiller un brave tel que toi, la veille de notre mort à tous !

– Cela vous regarde, dit froidement Jean Brand ; vous m'avez laissé vingt-quatre heures pour aller jusqu'à Saint-Yon, où j'avais à remplir un devoir. Ce devoir est rempli, me voilà.

– Jean Brand, mon ami, répondit Vauduy, avec une égale froideur, ce que tu fais là est peut-être fort beau, mais, *Mademoiselle* et toi, vous êtes les deux plus grands fous que je connaisse.

Puis il ajouta en bâillant :

– Reste si cela te plaît, va-t'en si tu veux. Demain, au point du jour, si tu es encore là, et qu'on ait du temps à perdre, on te fusillera.

Et Vauduy, succombant à la fatigue, se roula dans son manteau et s'endormit.

– L'excès du péril peut-il donc tuer à l'avance, comme un feu trop violent brûle de loin ? murmura Jean Brand ; cet homme n'a plus ni espoir, ni crainte, ni tendresse, ni haine ; son cœur s'est fait pierre, il est mort déjà.

Puis, profitant de la permission donnée, il saisit la canardière, et s'éloigna lentement, résolu à partager, le lendemain, le sort de ses compagnons d'armes.

Sainte était rentrée dans la cabane. La pensée du sort qui attendait Jean Brand gâtait sa joie. Cette joie elle-même, d'ailleurs, n'était point sans mélange. Le citoyen Saulnier et René vivaient ; ils avaient échappé tous deux, comme par miracle, aux affreux dangers de cette guerre d'extermination ; mais ils allaient se trouver en présence. Le Médecin bleu savait-il que son fils était revenu ? René, lui-même, n'ignorait-il point que son père combattait, en qualité de volontaire, dans les rangs des républicains ? Le hasard ne pouvait-il pas les rapprocher dans la mêlée ?

À cette cruelle idée, Sainte, tremblant de tous ses membres, se sentait mourir ; et, comme il arrive dans ces occasions, plus l'idée était terrible plus elle était tenace, obsédante, tyrannique. Impossible de la fuir ou de la chasser.

La nuit était venue. Sainte, assise près de sa lampe, la joue pâle, les yeux fixes et mornes, voyait sans cesse devant elle une effrayante vision, et ne songeait point à dormir. Les heures de la nuit passèrent lentement, l'une après l'autre ; la jeune fille veillait toujours.

Enfin, les premières lueurs du matin firent pâlir les rayons de la lampe. Sainte, exténuée de fatigue, engourdie par l'angoisse, ferma les yeux, et le sommeil vint la surprendre.

Elle dormit bien longtemps. Depuis plus de six heures, le soleil avait franchi la ligne de l'horizon, et répandait à flots sa lumière. Sainte dormait encore.

Mais ce sommeil fiévreux, plein de tressaillements et de rêves, n'était point de ceux qui reposent. Sainte voyait passer devant ses yeux des images terribles et grotesques à la fois. Le cauchemar oppressait sa poitrine. Des voix lugubres criaient des plaintes à son oreille, et, sous ses pieds, grouillait une eau impure où il y avait du sang. Puis son rêve prit un enchaînement logique et affecta les allures de la réalité, alors ce fut horrible.

Sainte se voyait sur la lande, non loin de ce sauvage amphithéâtre que nos lecteurs connaissent déjà sous le nom de *Trou-aux-Biches*. Elle entendait çà et là des coups de feu derrière les ajoncs, mais elle n'apercevait rien.

Tout à coup, au détour de l'un des mille sentiers qui marbrent la lande, elle vit deux hommes arrêtés face à face.

L'un était un jeune homme, l'autre un vieillard.

– Vive la République ! dit le vieillard.

– Dieu et le Roi ! répondit le jeune homme.

Deux sabres furent dégainés, et un combat furieux s'engagea.

Le jeune homme était René Saulnier ; le vieillard était le Médecin bleu.

– Mon père ! mon frère ! voulait crier Sainte.

Mais le cauchemar collait sa langue à son palais ; elle ne pouvait produire aucun son.

Et le hideux combat se poursuivait toujours.

Sainte fit des efforts inouïs pour se précipiter entre eux. Mais le cauchemar paralysait ses jambes, et ses pieds étaient devenus de plomb...

IX

Les intérêts de la dette de Jean Brand

Au moment où Sainte rêvait ainsi, c'est-à-dire, vers cinq heures du soir, les pauvres chouans du *Trou-aux-Biches* étaient fort malmenés. M. de Vauduy et bien d'autres encore étaient morts, en vendant comme il faut leur vie. Il n'y avait plus à tenir que le petit corps de Vendéens arrivés récemment en Bretagne.

On se battait dans la forêt de Rieux, et l'ombre des grands arbres ajoutant à l'obscurité croissante, on se frappait, pour ainsi dire, au hasard et sans se reconnaître.

Aussi, le rêve de la pauvre Sainte se réalisa : les deux Saulnier, le père et le fils, se rencontrèrent dans l'ombre et ne se reconnurent point.

Le Médecin bleu, ardent et passionné comme toujours, sous une apparence de froideur, était affolé par la fièvre du combat et frappait avec frénésie ; René, sans espoir de vaincre, voulait du moins mourir vengé : c'était un duel à mort qui allait avoir lieu.

Mais à l'instant où les sabres se croisaient, cherchant un passage, et menaçant à la fois la poitrine des deux assaillants, un homme se précipita entre eux.

– Bas les armes ! s'écria-t-il d'une voix brisée.

Et, en disant ces mots, il tomba pesamment sur la mousse de la forêt.

La lune, à ce moment, se faisant jour, au travers des hauts chênes, tomba d'aplomb sur nos trois personnages.

Les deux Saulnier se reconnurent et jetèrent leurs sabres. René se mit à genoux.

– Voilà donc où tu devais en venir ! s'écria le Médecin bleu avec amertume.

– Taisez-vous un petit moment, monsieur Saulnier, dit l'homme qui avait mis fin au combat ; me reconnaissez-vous ?

– Jean Brand ! s'écrièrent en même temps le père et le fils.

– En propre original ! approchez-vous, docteur, car je sens que je m'en vas.

– Êtes-vous donc blessé ? interrompit Saulnier.

– Mieux que cela, docteur, et tous vos remèdes n'y feraient rien ; ainsi donc écoutez-moi. Je vous ai sauvé la vie hier...

– Je le sais.

– Ne m'interrompez pas. Or, si je vous ai sauvé la vie, ce n'était pas par tendresse pour vous, monsieur Saulnier, car je vous ai toujours détesté du mieux que j'ai pu ; c'était pour votre fille. Quant à toi, René, je t'ai sauvé aussi, mais tu es un bon garçon et je te tiens quitte.

– Quel prix mettez-vous au service que vous m'avez rendu ? demanda le docteur.

– Ne m'interrompez donc pas ! En outre de cela, docteur, je viens de vous empêcher de vous entre-tuer, votre fils et vous, ce qui eût été désagréable, même pour un bleu... excusez-moi. Pour ces deux services, je ne réclame qu'une chose.

– Parlez.

La voix de Jean Brand s'affaiblissait graduellement ; il reprit pourtant avec effort :

– Monsieur Saulnier, la guerre est finie ; il n'y a plus de chouans à Saint-Yon, je suis le dernier, et dans deux minutes, j'aurai rejoint mes frères. Embrassez votre fils, monsieur Saulnier, cela fera plaisir à mam'zelle Sainte... et je mourrai content.

Le docteur hésita un instant.

– Dépêchez-vous, murmura le bedeau ; si vous voulez que je voie ça, dépêchez-vous !

– Il ne sera pas dit que j'aie refusé la dernière demande d'un homme qui m'a sauvé la vie ! s'écria le docteur Saulnier.

Et il tendit les bras à son fils, qui s'y jeta en pleurant.

– À la bonne heure ! dit Jean Brand d'une voix si éteinte, qu'on pouvait à peine l'entendre : mam'zelle Sainte sera bien contente... et j'ai fièrement payé ma dette... principal et intérêts !

Vers sept heures, la porte de la cabane s'ouvrit. Sainte ferma les yeux instinctivement, et se recula, comme pour ne point voir ou entendre la confirmation de ses terreurs.

Mais deux voix connues prononcèrent en même temps son nom, et elle se trouva dans les bras de son père et de son frère.

Derrière eux était entré l'abbé de Kernas.

– Monsieur Saulnier, dit-il, remerciez Dieu d'avoir mis cet ange dans votre maison. Au milieu de ces luttes insensées, elle a pratiqué la loi du Seigneur, et le Seigneur l'en a récompensée dans ceux qu'elle aime. Vous, Sainte, ajouta-t-il en mettant un baiser au front de l'enfant, persévérez ; le rôle que vous avez pris, ma fille, a appelé sur ce qui vous entoure la miséricorde céleste... Adieu... quoi qu'il arrive, soyez toujours, au milieu des luttes politiques, l'ange de la PAIX, de la CONCILIATION et de la PITIÉ.

– Ne restez-vous point avec nous ? demanda René.

– Mon fils, répondit le prêtre, on se bat encore dans d'autres parties de la Bretagne ; je vais aller prêcher et consoler. Quand il n'y aura plus de malheureux à secourir au loin, je reviendrai.

Il fit un pas vers la porte. Sainte courut à lui.

– Et Marie ? demanda-t-elle.

Une larme mouilla les yeux du prêtre.

– C'était, répondit-il lentement, la fille des Rieux, ces chevaliers à l'âme de fer ; elle avait le cœur de ses pères ; elle est morte comme eux.

– Morte ! répéta Sainte en pleurant.

– Morte en criant : Dieu et le Roi !